그래도
세상은
여전히 아름답다

# 그래도 세상은 여전히 아름답다

정직한 약자들을 위한 시와 서정

백운복 시집

## 시집 머리에

이 세상에서 아름다운 것들을 찾아 의미 있는 형상을 부여하고, 새로운 이름을 명명해주고 싶었다. 시란 바로 그러한 작업의 결과물일 테니까. 그런데 내 삶에서 마주한 아름다운 것들과 수많은 감동의 실체들은 돌이켜 생각해보니 모두가 이미 유년시절에 한 번쯤은 스쳐지나간 것들이었다. 모든 아름다운 것들은 결코 강하거나 화려하지 않고, 조용히 정직하게 자연의 순리를 따르고 있음을 이제 비로소 알 듯도 하다.

시가 스마트폰 카카오톡이나 SNS에서 ㅋㅋ대는 말놀이로 반짝거리거나, 지성인인 채하는 그들만의 특수부위로 조작되어 소통되지 않는데도 조용히 고개만을 끄덕이는 '뉴웨이브'하고 '포스트모던'한 언어 사치놀이의 대상물이 된지 오래되었다. 대학에서 시를 삼십여 년 넘게 가르쳐오면서 가장 힘들었던 순간들은 바로 감동은 사라지고 말놀이와 언어사치 만이 넘쳐나는 우리 현대시의 그러한 몰골을 아프게 체감하는 시간들이었다.

첫 시집 『아름다운, 너무나 아름다운 세상』에서 나는 여린 숨을 할딱거리고 있는 시에게 인간의 온기를 다시 불어넣어 주려고 최선을 다했다. 이제 두 번째 시집인 이 『그래도 세상은 여전히 아름답다』에서는 시가 인간과 어떻게 소통하며 아름다운 세상을 함께 노래할 수 있는가를 보여주고자 애썼다. 살아오면서 마주친 수많은 사람들 중에서 아름다운 사람들은 실은 중앙부에서 눈에 띄는 주요 인물들보다는 늘 변두리에서 감사하며 누군가를 도와주려고 하는 주변인들이었다. 그래도 세상이 아직 아름다울 수 있는 것은 바로 그들이 여전히 많이 있기 때문이다. 특히 이번 시집에서는 그래도 이 시대를 아름답게 지켜나가려고 애쓰는 정직한 약자들을 위한 위로의 서정으로 한 올 한 올 엮어나갔다.

지방대학 교수로 생활해 오면서 나의 감정과 지식을 소통해 간 수많은 제자들은 돌이켜보니 모두가 정직한 약자들이었다. 어쩌면 그래서 우리는 더욱 자유롭고 행복할 수 있었는지도 모르겠다. 이 시집을 엮는데 그 동안 나와 함께 한 제자들이 많은 영감을 주었다. 그리고 출판을 맡아준 글누림의 이태곤 편집장도 바로 그런 제자들 중의 한 사람이다. 아울러 삽화를 그려준 김수정 학생에게도 고마움을 전한다. 직장동료였다가 이제는 소중한 벗이 된 무역학과 김재식 교수, 광고홍보학과 김규철 교수, 김병희 교수, 사회교육과 정상호 교수도 사실은 정직한 약자들이다. 그리고 아내와 아들 현빈은 정직한 우리가족을 구성한 약자들이다. 이들의 온기가 주변에 있는 한 나의 세상은 여전히 아름답고 풍요롭다.

　정직하게 아파하고, 정직하게 기뻐하며, 언제나 약자편에 가까이 가 있는 그들. 자연을 닮은 솔직한, 그러나 한없이 아름다운 그들에게 이 시집의 온기를 보낸다.


　"날마다 저에게 수많은 작은 기적들을 허락해 주신 하나님, 감사합니다."


2019년 3월

백운복

차례

## 2부      은빛 찬란한 물꽃

## 3부    그해 여름은
        몹시
        뜨거웠다

**4부**　　　**삶의 틈새에서**
　　　　　　**반짝이는**
　　　　　　**햇살**

**5부**　　　**뒤돌아 바라보면**
　　　　　　**모두가**
　　　　　　**꽃길인 것을**

# 1부

## 세상에서
## 가장
## 아름다운 것들

## 여는 서정

세상에서 가장 아름다운 것들,

어떤 삶을 살아가고 있는 인간이라도
모두가 함께 감탄하며
'아름답다'고 공감할 수 있는 것들,

그때도 아름다웠고
지금도 아름다우며,

그곳에서도 아름다웠고
이곳에서도 아름다운 것들은

아직도 우리 주변에 너무나 많이 있다.

정직하게 아름다운 것들은 강하지도 화려하지도 않

은 채

그곳에서 늘 우리의 정직한 눈길 기다리고 있으며
값없이 그냥 우리에게 감동을 선물할 뿐이다.


그래서 세상은 여전히 아름답다.
아름다운, 너무나 아름다운 세상에
아름다운 사람이 있음을 믿는다.

# 여명(黎明)의 소리

세상 것
다 내려놓고

이른 새벽
동쪽 하늘을 향해
조용히 귀기울이면

평소에는 너무 커서
들을 수 없었던,

세상을 밝혀나가려
분홍빛 파동(波動)을 일으키고 있는

거인의 음성을
엿들을 수 있다.

# 폭포

시각과 청각을 저토록 완벽하게
일치시켜내는 것을 본 적이 있는가.

찰나도 멈칫거리지 않는 저 포말과
인간의 언어로는 도저히 표현해 낼 수 없는
저 소리는 분명,

태초부터 지금까지 우주에 살아있는
미확인 생물체임에 틀림없다.

그래도 세상은
여전히 아름답다

# 진달래꽃 피는 소리

4월의 이른 아침 뒷동산에 올라
가만히 귀기울이면,
연분홍 진달래꽃들이
소곤소곤 피어나는 소리를 들을 수 있다.

밤이슬에 촉촉이 포개어져 있다가
일찍 일어난 산새들 소리와 함께
슬그머니 봉우리를 펼치고 내미는
수줍은 홍안(紅顏), 홍안,
홍안들.

온 동산을 점령하는
그 거룩한 홍염(紅焰)에
산속의 온갖 수목들이 귀를 세우고
산골짜기 물소리도 잠시 기척을 한다.

# 낙엽

찬란한 이별을 보여준단 말이지.

꿋꿋이 버텨오던 그 믿음까지도
그냥 발갛게 멍든 목덜미로 넘기고

노랗게 물든
한 가닥 미련도 남기지 않고
잠시 들렀다 가는 것처럼

바람 따라
사라진단 말이지.

## 풀 향기

장마 그친 오후
햇살이 비치는 풀밭에서

대지에 안개꽃을 피우듯이 일어나는
풀 냄새를 맡아보라

비릿하고 풋풋한 그 냄새를
사람들이 왜 풀 향기라고 부르는지를
알 수 있을 것이다.

## 소리의 근원

물소리는 원래 없는 소리지요.
흘러내리면서 자연물과 부딪히며
내는 소리지요.

바람소리도 원래는 없는 소리지요.
불어가면서 다른 공기나 자연물과 부딪히며
내는 소리지요.

똑같은 물이 흐르고
똑같은 바람이 불지만
모든 사물은 각자의 본성에 따라
다른 소리를 내지요.

내 삶의 소리도
혼자 저절로 울린 적은

한 번도 없었지요.

평생을 걸어온 발걸음 소리가
신발과 자연물이 부딪혀 났던 것처럼,
내 삶에 소리를 내어준 것들은
무엇인가요.

## 저녁노을

아니 어찌 저렇게 타오를 수가.

서산마루에 이글거리는
저 둥그런 붉은 심장은

하루의 상처와 눈물을
우주 속으로 빨아들이고

오늘의 교만과 위선을
어둠이 찾아오기 전에
모두 용서하겠다는
하늘의 날갯짓이다.

세상에서 가장 뜨겁게 타오르다
세상에서 가장 차갑게 사라지는

불새의 환영(幻影).

아니 어찌 저렇게 사라질 수가.

오늘의 교만과 위선을

어둠이 찾아오기 전에

모두 용서하겠다는

하늘의 날갯짓이다.

[저녁노을 中]

그래도 세상은
여전히 아름답다

## 배려

바람도 상처 입은 나무를
그냥 지나쳐가는 법이 없다.

상태가 어떤지 잠시 머뭇거리다가
한 바퀴 빙 돌아보고 간다.

햇빛도 장애를 입은 생명 앞에서는
잠시 머뭇거린다.

너무 환하게 비추면
불편해하거나 눈이 부실까봐

그 부분만은 살며시
가벼운 그림자로 덮어준다.

〈

하수구로 내려가는 빗물도
벚꽃 이파리를 보듬고 흘러갈 때는

잠시 멈칫거리며
벚나무의 기억을 머금고 내려간다.

그래도 세상은
여전히 아름답다

## 은밀한 이별

꽃을 버리지 않으면
열매를 맺을 수 없고

홀씨로 날아가지 않으면
민들레는 다시 새순을 틔울 수 없다.

강을 버리지 않으면
바다에 이를 수 없고

태양을 가리지 않고는
대지를 적셔주는 비를 내릴 수 없다.

내년 봄에 돋아날 새순을 위해
낙엽은 혼자서도
떨어져야 할 때를 안다.

은밀한 이별은
언제나 아름답고 숭고하다.

그래도 세상은
여전히 아름답다

# 눈물

아무 말도
하지마라.

화석(化石)처럼 남겨진
나이테의 상처도

바람의 울분을 새기는
빗금 서린 파문(波紋)도

모두 다 용서하는
원형(原型)의 개화(開花).

한 잎
떨어진다.

<

한 계절의 기쁨과 슬픔이
우주가 되어,

아, 바다가
꽃이 되어
비로소 열리고 있다.

# 낡은 서정

세상 것 모두 잠시 내려놓고
조용히 귀기울이면,

평소에는 듣지 못했던
아름다운 소리를 들을 수 있다.

근심과 걱정도
사랑과 미움까지도
잠시 곁으로 밀쳐놓고
자세히 들여다보면,

이 세상에 아름다운 것들이
여기저기에서
새싹처럼 돋아날 것이다.

# 2부

# 은빛 찬란한
# 물꽃

## 여는 서정

유년의 뜰에는
수많은 보물들이 피어 있다.

어느 누구도, 어떤 세력도
침범할 수 없는 절대공간.
심지어 자연의 시간마저도 비켜가는
영원한 현재형의 공간.
모든 것들은 그때 그 모습으로 존재하며,
'나'도 그때 그 모습으로 멈춰 있다.

사람이 풍경이 되고 자연이 되는 세상
모든 것들이 유기적으로 공생하는
공동체의 공간,
유년의 뜰은 언제나 나의 영원한 신화시대이다.

## 유년의 뜰

시간의 흐름마저도
이곳만은 비켜간다.

내가 찾아가
새로운 퍼즐을 끼워 넣기 전에는
결코 흘러가지 않는다.

방금 터트려진 봉선화 씨앗이
허공에 멈춰 서 있고,

놀라 날아가던 꿀벌은
여전히 날갯짓을 계속하고 있다.

유년의 뜰은 언제나
정지화면으로 멈춰

나를 기다리고 있다.

# 족대질

어린아이 새끼손가락만 한 피라미가 파닥대고
동그라미 모양으로 몸을 잘도 비틀던 미꾸라지가
손에서 꿈틀거리며
찌그러진 양동이에 담겨질 때마다,
내 가슴도 덩달아
동그랗게 파닥거렸다.

가끔 깻잎만 한 붕어나
가지만 한 메기라도
족대 그물 속에서 출렁일 때면
내 심장도 벌렁거렸고,
그날의 감격은 밤늦도록 펄쩍대며
잠을 이루지 못하게 했다.

그래도 세상은
여전히 아름답다

## 저수지 수영

둑 안쪽 깊이가 어른 키 한 길 반쯤 되었던
솔밭마을 간이 저수지는 우리들의 놀이터였다.

가장자리에 삐져나온 나무뿌리를 붙들고
열심히 물장구쳐보며 허우적거리다가 문득,
두 손을 슬며시 놓고 물 위에 아주 잠깐 떠 있던
그 놀라운 체험은
첫 수영의 흥분이었다.

발을 저수지 바닥으로 내려놓으려는데
아무래도 바닥에 닿지 않아 허우적댔던 그 깊이의 공
포와,
간신히 발을 내려놓고 서 보니
가슴 깊이였을 때의 그 안도감.
〈

저수지에 남겨진 유년의 가슴 졸임은
언제나 내 여름을 풍성하게 한다.

그래도 세상은
여전히 아름답다

# 솔밭마을 골짜기 가재

사람이 다닌 흔적이 거의 없는
솔밭마을 뒷산 골짜기

그 맑은 물 흐르는 돌멩이 사이에서
문득 마주친,

힘차게 새끼를 털어내고 있는 어미 가재와
어미의 배다리를 이산(離散)하는
새끼 가재들의 윤무(輪舞).

알곡을 걸러내려 양쪽 어깨로 박자를 맞추시던
어머니의 키질을 닮은,
그 은밀한 향연.

## 벼메뚜기

들녘에 쏟아지는 소나기 소리를 들어보았는가.

초가을 늦은 오후
논두렁길을 달리다 보면

익어가는 벼들 속에서 비상하는
메뚜기 떼를 만날 수 있다.

눈을 감고 귀를 기울이면
그 무질서한 소리의 화음은

갑자기 들녘에 쏟아지는
시원한 소나기 소리였다.

들녘에 쏟아지는 소나기 소리를 들어보았는가.

[벼메뚜기 中]

# 물수제비

생전 처음으로
세 번을 넘게 물수제비뜨며
물살을 가르던 그 돌멩이는
지금도 저수지 바닥에서
소년의 손을 기억하고 있을까.

그때 피워낸 은빛 찬란한 물꽃은
언제나 정지화면으로 멈춰
내 가슴의 저수지를 향기롭게 하고 있다.

그래도 세상은
여전히 아름답다

# 진달래 산

솔밭마을 뒷산을 우리는 진달래 산이라고 불렀다. 눈이 내리는 겨울에도 가끔 올랐지만, 날씨가 풀리기 시작하는 3월이 되면 우리는 거의 매일 학교 가듯이 그 산에 올랐다. 그러다가 마치 점령군처럼 다가와 온 산을 연분홍빛으로 물들이고 있는 진달래꽃들을 즐겁게 맞이하며, 우리의 봄을 풍성하게 했다.

우리 대장 경철이 형은 갓 피어나기 시작한 진달래꽃을 한줌씩 따서 나누어주었고, 우리는 혀가 붉은 빛깔이 되도록 오물거리며 먹어댔다. 무슨 맛이었는지는 잘 기억나지 않지만, 손과 입술에 묻은 연분홍 빛깔만은 지금도 확연하게 돋아나고 있다.

그때 나는 경철이 형한테 연분홍 진달래꽃과 분홍 철

쑥꽃을 구분하는 법을 배웠고, '철쭉은 절대로 먹으면 안 된다'는 금기도 알게 되었다. 지금도 나는 그때 배운 지식을 가끔 써먹고 있다.

　고향 지키며 살다가 사고로 일찍 죽은 경철이 형은 그 산에 뿌려져 봄이면 우리들의 추억과 함께 피어나고 있는데, 오랜만에 찾아가 본 우리의 진달래 산은 온통 별장주택 단지로 개발되어 흉물스러운 집들만 늘어나고 있다.

그래도 세상은
여전히 아름답다

## 방죽의 기적

신작로에서 솔밭마을로 들어오는 길 중간지점에는 사시사철 물이 마르지 않는 방죽이 있었다. 물방개, 소금쟁이, 개구리들이 물풀더미 위나 속에서 움직이고 있었고, 붕어, 송사리, 미꾸라지, 우렁이 등을 잡으러 들어갔다 나오면 잡은 물고기 숫자만큼 발에 징그럽게 붙어 올라오는 거머리가 있었다.

몹시도 가물었던 어느 해, 그 방죽마저 바닥을 드러내었다. 마침내 우리들의 함성을 자아내곤 했던 물고기들과 거머리는 물론 물풀마저 다 말라 죽어버린, 거북이 등짝처럼 갈라진 방죽 바닥을 우리들은 말없이 바라보았다.

며칠 뒤, 비가 많이 내렸다.
방죽에는 다시 물이 넘쳐났고, 놀랍게도 사라졌던 것

들이 하나 둘씩 다시 우리들을 찾아왔다. 잠시 잃어버린
우리의 함성도 되살아났다.

그래도 세상은
여전히 아름답다

## 삼촌과 이모

자전거 타는 법을 가르쳐주던 병식이 삼촌을
나도 삼촌이라고 불렀다.

논두렁 아래로 굴러 떨어져 깨진 무릎 상처에
투박하게 후후 불어준
삼촌의 입 바람을 잊을 수가 없다.

항상 이모라고 불렀던 영수 이모는
나만 보면 먹을 것을 쥐어주었다.

아궁이에서 막 꺼내 호호 불며 들고 나온
이모의 그 뜨거운 군고구마 맛을
그 후 한 번도 느껴본 적이 없다.

병식이와 영수는 같은 마을에 사는

초등학교 동창이었을 뿐,
나와는 아무런 혈연관계가 없는 그냥 친구였다.


그 많던 삼촌들과 이모들은
모두 어디로 갔을까.

그래도 세상은
여전히 아름답다

# 남은 서정

나는 초등학교 1회 졸업생이다.

읍내 초등학교까지 1시간 반 정도는 걸어서 다니다가

5학년 때 내가 살던 솔밭마을 신작로 건너 멀리

새로 초등학교가 생겨서 우리 마을 학생들이 옮겨 다니게 되었다.

그래도 통학거리는 별반 다르지 않았다.

아마 6학년은 그냥 읍내 학교에서 마저 다녀 졸업을 해서인지

나는 저절로 1회 졸업생이 되었다.


작년에 모처럼 모교를 검색해보았더니

전교생이 4학년 1명, 5·6학년 3명뿐이며,

곧 폐교될 예정이란다.

그러나 유년의 뜰에서 함께 했던 것들은
영원히 아름답게 반짝일 것이다.

상실은 존재를 더욱 강하게 부각시킬 뿐,
모교의 폐교가
내 유년의 뜰까지
폐답하지는 못할 것이다.

# 3부

# 그해 여름은
# 몹시
# 뜨거웠다

## 여는 서정

현대화의 진정한 의미는 무엇인가.

더 개발되고 도시화되어야 한다고
오늘도 대한민국은 모두가 공사 중이다.

도시는 더 높이 더 깊이 세워지기 위해
날마다 파헤쳐지고,
깊은 숲속은 원래 주인인 동식물들을 내몰고
도로를 마련하기 위해서 벌목 중이며,
산수 좋은 곳은 투기꾼들의 셈법에 따라 언제나 측
량 중이다.

사람들은 날마다 바쁘게
성형된 콘크리트 건물 속으로 빨려 들어가고,
얼굴과 몸 성형에 맞추어

생각과 감정까지도 언제나 성형 중이다.

마트 과일들은 해마다 품종 개량되어
왜 이렇게 불안스러울 만큼
빛깔 좋고, 크고, 달까.

원래 사과는 어떤 맛이었을까
원래 딸기의 색은 어떤 빛깔이었을까
원래 수박의 당도는 어느 정도였을까

마트 과일코너에 원래의 과일이 없는 것처럼
이 시대에 원래 사람은
어느 곳에서 무엇을 하고 있는
누구인가.

## 숟가락

'금수저, 은수저, 흙수저' 논쟁이
무더운 어느 여름날의 언론을
뜨겁게 달구었습니다.

태어날 때 하나씩 쥐고 나오는 물건인지
수저에 따라 떠먹는 밥이 다르다는 뜻인지
잘 알 수는 없지만,

자신이 노력하여 밥을 떠먹는다는 뜻이
아닌 것만은 확실한 것 같습니다.

저녁 식사 중에 문득,
세상에서 가장 아름다운 수저 소식을
들었습니다.

〈

지체장애 2급인 김강혁(27)씨가
오늘 점심 때

생애 처음으로
숟가락을 쥐고
밥을 떠먹었답니다.

# 카톡 메신저 통신대란

암 투병 중에도 항상 미소를 잃지 않으시던
'아버지께서 방금 숨을 거두셨어.'

결혼 9년차에 어렵게 아기를 가진 박은혜씨가
'엄마를 꼭 닮은 딸을 막 낳았어.'

3년째 망설이던 그 고백을 마침내 용기를 내어
떨리는 손가락으로 메시지를 입력하고
전송을 막 눌렀어.
'선영아 사랑해. 나와 결혼해 줄래?'

그날 수신자는
누구도 문자를 받지 못했다.

많은 지역이 몇 초 동안 흔들렸고,

파동으로 변한 언어들이
여태 허공을 헤매고 있다.


(2016년 9월 12일 오후 8시 32분 경북 경주시 남남서쪽
8km 지점에서 규모 5.8의 지진이 발생했다. 이는 계기 지진
관측을 시작한 1978년 이래 가장 강력한 지진이다.)

그래도 세상은
여전히 아름답다

## 내비게이션

도로명과 주소만 쳐봐.
아니 주변에 있는 건물이름만으로도 충분해.

신호등과 과속방지턱도 신경쓸 필요 없어
예쁜 안내 기계음과 화살표만 따라와.
어디든지 편안히 데려다 줄 테니까.

낯설고 새로운 곳일수록 더욱
나만을 믿고 귀 기울이며
뚫어져라 쳐다보기만 해.

(목적지에 도착했습니다. 경로 안내를 종료합니다.)

목적지에서 무엇을 하려고 했을까.
만나기로 약속한 그 사람이 누구였을까.

〈

해안가 도로를 지나왔던가.
숲길을 통과해 왔던가.

아름다운 저녁노을은
언제 지나쳤을까.

## 날마다 성형하는 일상

손바닥만 한 직사각형 낚시 바늘에 눈이 걸려
액정화면에만 반응하는 사이보그들이
성형된 콘크리트 건물 속으로 바쁘게 빨려 들어간다.

8차선 도로 버스정류장에는
21세기 아이들이 세련된 좀비가 되기 위해
유령 주유소에서 보내주는
스마트폰 화면을 급유받고 있다.

하루에 셀카를 몇 번쯤 찍으십니까.

성형한 얼굴에 숙련된 보정기술을 입혀
가장 매끄러운 인형을 만들어 SNS에 올리고,
'좋아요'가 몇 번이나 눌려졌는지
초조하게 기다리는 일상.

〈

(말시키지 마세요.

얼굴 표정이 망가지면 안돼요.

보정한 플라스틱이 어긋나면 안돼요.

이제, 슬퍼도 울지 못하고

기뻐도 행복한 표정을 지을 수가 없어요.)


내일을 성형하기 위해

스마트폰은 오늘 밤에도 충전 중이다.

그래도 세상은
여전히 아름답다

# 햄스터 핸들링

이마트 애완동물 코너에는 언제나 어린이 손님들로
붐빈다.
초등학교 저학년쯤으로 보이는 꼬마가 아까부터 떼
를 쓰더니
마침내 엄마인 듯 보이는 한 아주머니의 지갑을 열고
있다.

'너무 귀여워'라는 찬사를 받으며
팔려나간 상품의 설명표시를 자세히 들여다보았다.
(펄 햄스터
분류: 소동물  원산지: 대한민국  몸의 길이: 약 7cm
적정 온도: 20~26도  사육 난이도: 보통  가격: 4,000원)
세상에 우리나라에도 저런 동물이 살고 있었나?

검색해보았다.

햄스터 : 꼬리가 짧고 털이 부드러우며, 먹이를 운반하기 위한 큰 볼주머니가 발달되어 있다. 대부분의 종들은 굴속에서 지내고 야행성이며, 열매 · 곡식 · 채소 등을 먹는다. --- 골든햄스터는 인기 있는 애완동물이자 실험동물이며, 소아시아와 발칸 반도의 스텝지대에 서식한다. 털은 적갈색이고 배쪽은 흰색이다. 몸길이는 15~20cm이다. 수명은 2~3년이며, 번식능력이 왕성하여 1년에 여러 번 새끼를 낳는다. 임신기간은 약 2.5주이다.(출처: 다음백과)

아무래도 우리나라가 원산지는 아닌 듯싶다.

단지 새끼를 낳아 공급해주는 공장이 우리나라에 있다는 설명이겠지.


어릴 때 매장 안으로 들어온 동물들은

입양이 될 때까지 그곳에서 생활한단다.

그러다 어느 정도 자란 녀석들은 홀연히 자취를 감춘
단다.
과연 그 동물들은 어디로 가는 것일까?

완구점에서 파는 플라스틱 장난감 가격보다 훨씬 저
렴한
그 '귀여운 생명'은 지금쯤 꼬마 주인에게 잘 핸들링
되면서 안녕한가?
아니면 아이들이 장난감 쉽게 싫증내듯이 벌써 천덕
꾸러기가 되어
아무런 돌봄도 받지 못하고 죽어가고 있지는 않은가?

오늘 아침 다시 찾은 이마트 애완동물 코너 40cm 철
제 창살 안에는
그때 팔려나간 펄 햄스터 친척인 듯이 보이는 두 마

리가 새 주인을 기다리고 있고,

　이른 시간인데도 벌써 아이들이 하나 둘 모여들고 있다.

그래도 세상은
여전히 아름답다

## 어느 할머니의 칠순 잔치

한복을 곱게 차려입은 할머니를 중심으로
고급 음식점 홀에 대가족이 모여 있다.

할머니의 장남인 듯이 보이는 남자가, 둘째와 사위인
듯이 보이는 남자들과 아까부터 주식의 등락을 놓고 개
탄하면서 정치인들을 욕지거리하고 있다.

며느리들과 딸처럼 보이는 세 여자들은 서로의 옷을
만지작거리며 백화점 세일 기간을 어떻게 잘 활용할까
를 놓고 열변 중이더니, 방금 전부터 성형으로 화제를
돌리고 있다.

대학생쯤 되어 보이는 네 명의 청년들은 스펙과 취업
의 관련성을 놓고 잠시 언성이 높아지더니, '결혼은 미
친 짓'이라는 소리가 새어나온다.

중고등학생쯤 되어 보이는 두 명은 그래도 조용히 할머니를 바라다보거나 이 자리에 안 계시는 할아버지를 생각하고 있는 모습이었는데, 자세히 보니 각자 스마트폰으로 열심히 게임에 몰두하고 있다.

　　국적도 알 수 없는 먹다 남은 많은 음식들이 차갑게 식어 가는데, 할머니는 눈만 껌뻑이며 무연하게 벽 모서리만 바라다보고 있다.

　　할머니 자리 앞에 놓인 꽃바구니에 달려 있는 '고희(古稀)'라는 리본이
　　잠시 스쳐가는 바람에 가볍게 흔들거린다.

그래도 세상은
여전히 아름답다

# 그 과일들은 모두 어디로 갔을까


시식하라고 썰어놓은 수박조각을 맛보았다.

빨갛고 촉촉한 단맛이 혀를 자극했으나,
입안에서 마지막 과육이 사라질 때까지도
달빛이 환한 밤중에 수박서리해서 깨먹었던
그 풋풋하고 향긋한 풋내는
끝내 느낄 수 없었다.

점령군처럼 대열(隊列)을 이루고 있는
저토록 커다란 수박들을
솔밭마을 수박밭에서는 한 번도
본 적이 없었다.

이솝 우화에까지 등장하던 포도의 신맛은
모두 어디로 갔을까

씨마저 제거된 저 포도송이는
왜 이렇게 불안스러울 만큼 크고도 달까.


한글의 자모음으로 억지로 짜 맞춰진
발음도 생소한 음흉한 이름의 수입과일들이
아무리 보아도 낯선 모양을 하고
강렬한 빛깔을 내고 있다.


마트 과일코너 앞에서
풋감의 떫은맛이 그리운 오후였다.

## 그해 여름은 몹시 뜨거웠다


대한민국의 모든 길은
강남역사거리로 통한다.


2016년 서울 강남역사거리
무더운 여름 한낮,


시내버스 안은 에어컨 바람이
빵빵했다.


옆 차선으로 달리던 버스가
교차로 신호에서 나란히 멈춰 섰다.


그 버스 한쪽 면을 차지한
커다란 광고 문구가 시야를 점령했다.
'내꺼 같은 가슴성형

ㄱㄴ성형외과'
게다가 '내꺼'에는 방점까지 찍혀있다.


가만 있자
내릴 정류장이 이번이든가, 다음번이든가
잠시 망설이는데,


친절하게도 안내방송이 나온다.
'눈은 여기 코는 저기
한 번에 해결하는 성형외과 없을까
얼굴 전체 성형으로 유명한 ㄷㄹ성형외과가 있잖아
기사님 이 버스 꼭 ㄷㄹ성형외과 앞에 세워주세요'


버스에서 내렸다.
내리지 않으면 안 될 것 같았다.
〈

그래도 세상은
여전히 아름답다

대한민국의 모든 사람들은
한 번쯤은 강남역사거리를 지나간다.

## 안전진단 통과


출퇴근길에 지나다니며 자주 부러워했던 고급아파트
벽면에서
처음 보는 커다란 현수막이 저녁바람에 너풀대고 있다.


"경축, ㄷ아파트 예비안전진단 통과
(가칭) ㄷ아파트재건축정비사업조합설립추진준비위
원회"


위원회 이름이 좀 희한하긴 하지만
어떤 평가기관에서 구조안전성 평가를 한 결과
아파트가 안전하다는 진단이 나와서 축하하자는 말
인가 보다.


슬그머니 ㄷ아파트 게시판에 부착된 관련 내용을 살
펴보았다.

그래도 세상은
여전히 아름답다

"국토교통부가 이번에 재건축 안전진단기준을 개선하였는데, 우리 아파트의 구조안전성 평가결과 드디어 D등급 판정이 나와 수혜가 예상됩니다."

그동안 갈라진 벽들을 왜 보수하지 않았는지,
비만 오면 물난리가 난다는 지하주차장을 수리하지 않고 왜 견뎌왔는지,
이제는 어렴풋이 알 것도 같다.

오늘 밤에도 별을 보기는 틀린 것 같다.

## 아주 먼 옛날에는

강에는 물고기가 살았더랍니다.
강 그림을 그릴 때면
여러 가지 물고기가 살아가는 모습을
다양하게 그려 넣었습니다.

들에는 여러 종류의 벌레들이 살았고,
산에서는 종일토록
갖가지 산새소리 그치지 않았더랍니다.

저것은 무슨 벌레이고,
저 소리는 무슨 새소리인지
사람들은 항상 궁금해 했습니다.

물살을 거슬러 오르던 물고기들은
어디로 갔을까

〈

그래도 세상은
여전히 아름답다

모두가 함께 어울려 살던
들판의 벌레들과
종일토록 울음소리로 기척하던 산새들은
다들, 어디로 갔을까.

아직 남아 있는
몇 안 되는 인간들이
아주 먼 옛날의 이 땅을
화석 속에서 발견할 수 있을까.

아직 남아 있는

몇 안 되는 인간들이

아주 먼 옛날의 이 땅을

화석 속에서 발견할 수 있을까.

[아주 먼 옛날에는 中]

그래도 세상은
여전히 아름답다

# 기도

기쁠 때
즐거워하고 행복해하며

슬플 때
아파하고 괴로워하는

인간의 그 감정만은
제발,
거두어 가지 마십시오.

## 남은 서정

네온 광고 불빛으로 날아드는 벌레처럼
도시의 희망은 신기루 같은 허상일 뿐이다.
'만물의 영장'이라고 허풍떠는 교만한 인간은
허상으로 거짓소통만 한다.

인간의 처음이 그러했듯이,
사람이 자연이 되고, 풍경이 되는
아름다운 소통이 살아있는 세상이 그립다.

인간을 향한 자연의 울부짖음은
언제나 동일하다.
그리고 그 외침소리는 조용히 귀기울이면
언제 어디에서라도 들을 수 있다.
"제발, 그냥 좀 내버려두세요."

그래도 세상은
여전히 아름답다

그해 여름이 몹시 뜨거웠던 것은

교만한 인간이 주체였기 때문이다.

모든 생각과 문장의 주어에서 '나'를 살며시 내려놓
으면

세상은 평화롭고 아름다워진다.

지구와 세상의 아픔은 그 주체가 인간이었기 때문이
고,

'나'의 아픔은 그 주체가 '나'였기 때문이다.


미움에도 향기가 있다면

끊이지 않는 원망을 낳지는 않을 텐데.

분노에도, 이별에도, 아픔에도

촉촉이 스며드는 향기가 있다면

그토록 처참한 상처는 남지 않을 텐데.

인간이 원래 지니고 있었던 향기가
몹시도 그립다.

그래도 세상은
여전히 아름답다

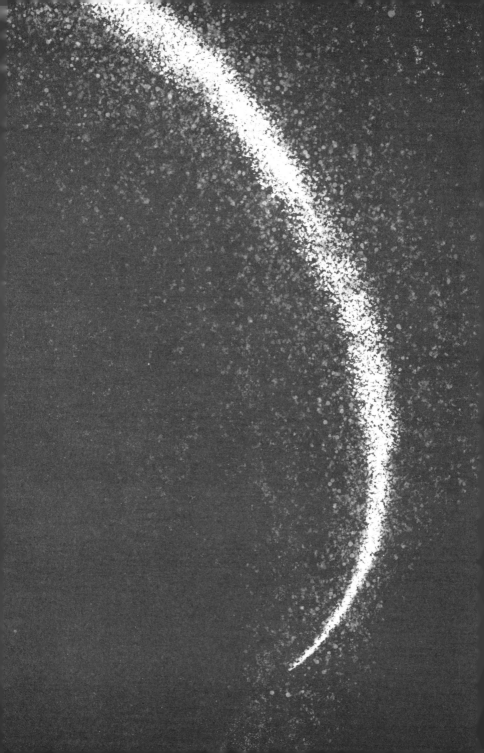

# 4부

## 삶의 틈새에서
## 반짝이는
## 햇살

## 여는 서정

삶의 틈새에서 새어나오는 햇살을
문득 발견했을 때,
잔잔한 감동과 위로가 젖어든다.
늘 그 자리에 있었는데도
삶의 굴레에 눈이 가려져
얼마나 오랜 동안 발견하지 못하고 지나쳐왔던가.


등굣길에서, 출근길에서
하굣길에서도, 귀갓길에서도
가로수 이파리는 언제나
내 눈길 기다리고 있었다.


이 늦은 가을 되어서야
그 가로수 낙엽,
모(母)나무와의 마지막 이별 순간 되어서야

내 눈앞으로 떨어지는 모습 비로소 발견할 수 있었
다.

## 사소한 행복 · 1


정성스레 가꿔주지도 않았는데
베란다 철쭉화분에 연분홍 꽃이 다섯 송이나 피었고
내일이면 여러 송이가 더 피어날 것 같습니다.


시각 장애인을 위한 보도블록이 설치된 자리
그 이음 틈새를 비집고 민들레 잎들이 올라오더니
오늘 아침 출근길에 내 시선을 머무르게 하는
노란 꽃송이를 피웠습니다.


며칠 동안 내리던 비가 그치고
파란 하늘에 뭉게구름 피어나더니
사이사이로 비단결 같은 햇살이 내려옵니다.


낙엽마저 모두 떨군 앙상한 가지에 눈이 내립니다.
차가운 겨울에 얼어 죽지 않도록

생명을 감싸주는 눈이 포근히 내려 쌓입니다.

아침에 일어나 눈을 떠보니
모든 것이 제 자리에 그대로 있고,
식구들의 익숙한 음성이 집안에 쌓여갑니다.

그래도 세상은
여전히 아름답다

## 사소한 행복 · 2

　휴일 저녁 뜻밖에 한 옛날 제자에게 안부전화가 왔다. '선생님, 제가 첫 딸을 낳았습니다.' 흥분된 목소리가 기쁨에 넘쳐 있다. 사십이 다 되어 늦장가를 가던, 재작년 결혼식장에서 소년처럼 수줍어하던 새신랑의 모습이 어제처럼 눈에 선하다. 강보에 쌓여 아빠 품에 안겨 있는 어여쁜 아가의 사진이 내 스마트폰에 전송되어 왔다.

　베란다에서 키우고 있는 철쭉에
　물을 주러 나갔더니
　금년에 처음으로 문득,
　수줍게 연분홍 꽃을 피우고 있다.

## 봉선화

누가 씨 뿌려놓았는지
아파트 화단에
봉선화가 주렁주렁 피어 있다.

자세히 들여다보려는 순간,
열매 하나가 툭 터지며
기억을 붙들고 씨들이 튀어나온다.

초등학교 운동회 날 학교 화단에
살며시 뿌려놓은 봉선화 씨앗,
아직도 여름이면 꽃 피우고
후배들 손톱에 꽃물들이어 주고 있겠지.

단단한 돌멩이를 찾아
봉선화 꽃과 잎들을 한데 빻아

내 손톱에 올려놓고 천으로 동여매 주며
오늘은 절대로 풀지 말라고 당부하던
뒷집 영숙이 누나.

아파트 화단이 온통 봉선화로 만개하는
여름 한낮이었다.

# 민들레 분(盆)


동네 화원에서 잎이 진녹색으로 유난히 풍성한
사철식물 분(盆)을 하나 사들고 왔다.


국적도 알 수 없는 이상한 이름은
벌써 잊어버렸지만,
잘 자라주었다.


어느 주말 아침 물을 주려고 하는데
어디에서 날아왔는지,
아니면 처음부터 화분에 떨어져 있었던 홀씨인지
새끼손가락만 한 민들레가 올라왔다.


오늘 아침 문득,
노란 민들레꽃 한 송이가 벙긋 피었다.

〈

그래도 세상은
여전히 아름답다

내가 미처 알아차리지 못했을 뿐
그것은 처음부터 민들레 분이었다.

## 아무도 몰라줘도 괜찮아

남몰래 감나무에 올랐다가
가지가 부러져 떨어지면서
찢긴 팔뚝과 으깨어진 무릎 통증,
아무도 몰라줘도 괜찮아.

이유를 설명할 기회
평생토록 단 한 번도 얻지 못해
가슴 아리며 살아온 그 아픔,
알아주는 이 없어도 괜찮아.

벅차오르는 이 기쁨과 행복감,
누구도 쳐다보지 않고
그냥 지나쳐 가버려도 괜찮아.

가만히 귀 기울여봐

그래도 세상은
여전히 아름답다

언제나 네 곁을 따라오고 있는
바람소리 들리잖아.

고개 들어 하늘을 올려다봐
어릴 적 보았던 그 구름이
지금도 너를 보고 있잖아.

가끔 만나는 강물이지만
마주칠 때마다 반짝거리며
네게 눈짓하고 있잖아.

# 궁금증

(임대 아파트에 사는 보라 엄마와 브랜드 아파트에
사는 준혁이 엄마가 각자 강아지를 데리고 동네 산책로
에서 마주쳤다. 서로 잘 모르는 사이인지 그냥 지나치는
데, 순간 강아지들끼리는 무언가 소통하고 있는 것이 분
명하다.)


쟤네들이 인간의 삶을 다 들여다보고 있었구나.


가끔 컹컹거리고 낑낑대는 것이
아파트 장벽너머 자기들끼리의 언어소통이었구나.


캘리포니아에 사는 그레이하운드와
진도에 사는 진돗개가
시공을 초월한 그들만의 언어로
소통하고 있는 것은 아닐까.

갑자기 비둘기들이
산책로에 떨어진 먹거리 부스러기들을 향해
날아들고 있다.

캄보디아에 살고 있는 비둘기가
산책로를 배회하고 있는 저 비둘기와
그들만의 주파수로 교신(交信)하고 있는 것은 아닐까.

나만 보면 꼬리치며 반가워하던 '해피'(말티즈 종인
앞집 애완견)가
지난주부터 내 기척만 있으면 으르렁대는데
아무리 생각해도 그 이유를 모르겠다.

# 주름살

결마다 골마다
살아온 무늬가 숨어 있다.

초등학교 3학년 운동회 날
달리기에서 일등을 하겠다고 기를 쓰고 달리다가
결승선 바로 직전에 넘어져 깨진 무릎 상처가
그때의 향기를 머금고 결을 이루고 있고,

고등학교 1학년 글쓰기 경연대회에서
1등을 하여 상을 받았던 그 기쁨이
무릎 상처의 결을 보듬고 골을 이루어
아름다운 매듭을 엮고 있다.

슬픈 날들의 아픔은
기쁜 날들의 행복과 맞닿아 있고

그래도 세상은
여전히 아름답다

행복한 날들의 기쁨은
아픈 날들의 슬픔을 달래주고 있다.

수없이 넘어지며 걸어온 들판과 산들,
잠시도 마르지 않고 흘러왔던 강물들의 궤적이
바람결과 물결을 이루어,
지금도 햇살을 받으며
아름다운 언어를 꽃피우고 있다.

슬픈 날들의 아픔은

기쁜 날들의 행복과 맞닿아 있고

행복한 날들의 기쁨은

아픈 날들의 슬픔을 달래주고 있다.

[주름살 中]

그래도 세상은
여전히 아름답다

## 자아와 세계의 동일성

  시적 인식이나 시적 세계관을 설명하는 데 가장 중요
한 키워드가 '자아와 세계의 동일성'입니다. 그만큼 세계
를 자아화하여 인식한다는 의미입니다. 세상의 모든 것
들은 내가 보고 느낀 대로 나에게 다가오기 마련입니다.
내가 기쁨의 정서에 젖어있으면 나무 위에 두 마리 새도
정답게 지저귀고 있으며, 내가 슬픔의 정서에 함몰되어
있으면 나무 위에 두 마리 새도 슬퍼 울고 있습니다.

  그렇습니다.
  미움도 내가 만든 것이고
  사랑도 내가 만든 것입니다.

## 노년의 초상(肖像)

아직, 온기가 남아 있는
마음 가장자리에
작은 텃밭 하나 일구어

따뜻한 햇볕 한 그루 심어두고
시원한 바람 한 이랑 덮어두었다.

언제나 너무 가까이 있어
느끼지 못했던 것들이
아름답고 소중한 가치를 머금고
새살처럼 돋아나고 있다.

비가 오면 세상이
촉촉하게 젖어들고
눈이 내리면

그래도 세상은
여전히 아름답다

세상이 온통 새하얀데

비와 눈을 바라보다가
잠시 묵묵히 그 속을 걸어보다가
옷이 젖어도
온몸이 젖어들어도

햇볕과 바람만으로도
세상을 느끼기에는
이제, 충분했다.

밭이랑을 헤치고 돋아 오르는
저 연초록 새싹은
무엇인가.

# 축복

오늘 하루도
당신 것입니다.

일찍 일어나든, 늦게 일어나든
당신의 하루를 시작하기 위해
해가 뜹니다.

바람이 불거나, 비가 내리거나
혹여 하얀 눈이 펑펑 흩날려 오거나
그건, 당신을 위해 마련된 축복입니다.

매일 지나쳐가는 집 앞의 느티나무에
이름 모를 새들이 날아와 노래하거든
그건, 당신을 위한 찬가(讚歌)입니다.

〈

그래도 세상은
여전히 아름답다

온통 하늘이 높고 푸르다면
당신의 마음을 편안하게 감싸주고자 한 것이며,
먹구름이 바람 따라 이동하고 있으면
당신의 시선을 기다리고 있는 것입니다.

오늘 하루도
바로 당신 것입니다.

일찍 잠들든, 늦게 잠들든
당신의 하루를 마감하기 위해
밤이 깊어 갑니다.

## 남은 서정

세상의 모든 기준은
세상이 편하기 위해서 만들어진 것이지,
나를 편하게 해주려고 만들어진 것이 결코 아니다.

'남들처럼'이라거나 '보통'이라는 잣대는
모두가 허상이거나 관념일 뿐이다.
세상의 모든 평가기준은 그들의 잣대로 재단한 것일
뿐,
'나'에게 한 번도 의견을 물어온 적이 없다.

삶의 틈새에서 반짝이는 햇살을
자세히 들여다보면
평소에는 보지 못했던 것들이 보이고,
조용히 귀기울이면
평소에 듣지 못했던 소리가 들려온다.

그래도 세상은
여전히 아름답다

욕심을 내려놓으면
몸과 마음이 가벼워지고,
가진 것들에 감사하면
세상이 아름답게 다가오고
행복해진다.

물구나무서서 세상을 다시 바라보니
아프고 슬펐던 기억들이
비로소, 아름다운 꽃으로 피어오른다.

# 5부

## 뒤돌아 바라보면
## 모두가
## 꽃길인 것을

**여는 서정**

**남은 서정**

## 여는 서정

자연은 단 한 번도 인간을 배반한 적이 없다.

내면 가장 깊은 곳에 자연을 닮은
인간의 자연스러운 정서가 있는 한,
그래도 세상은 여전히 아름답다.
아름다운, 너무나 아름다운 세상에
아름다운 사람이 있음을 믿는다.

바람이 불고, 햇빛이 비치고,
가끔 비나 눈이 내리는 그곳에는
지금도 분명
착하고 아름다운 사람들이
살고 있다.

# 사람

이 다리를 건넜던 이들과
이 다리를 건너고 있는 이들과
이 다리를 건너갈 이들이
강가에 함께 모여
흘러가는 강물을 바라다보고 있다.

그들이 살았었대
그들이 살고 있대
그들이 살고 있을까.

그래도 세상은
여전히 아름답다

## 희망

곧 봄이 올 거야.

저 눈 녹으면
땅 속에서 수런거리던
새싹들 올라 올 거야.

작년에 보았던 그 자리에서
노란 개나리가 피어날 거야.

지루한 장마도 그칠 거야.

검은 구름 걷히면
저편에서 기다리고 있던
햇볕들 쏟아질 거야.

초여름에 그토록 비릿했던 밤꽃들이
튼실한 알밤들 쏟아낼 거야.

여기저기에서 새 생명 태어나는 것 좀 봐.
탐스럽게 열매 익어가는 것 좀 봐.

이제 곧,
누군가의 아픔을 위로해 줄
시 한 편 완성할 수 있을 거야.

그래도 세상은
여전히 아름답다

# 청춘

어디로든 갈 수 있지만
어디로 갈 줄 몰라 방황한다.

빈손으로도 갈 수 있지만
체중보다 무거운 배낭을 메고도
언제나 챙겨가야 할 것들이 더 많이 있다.

비가 오면 빗길을 걸어가고
눈이 내리면 눈길을 걸어간다.

폭풍우가 몰아치거나 눈보라가 휘날려도
머리보다는 가슴이 원하는 길을
성큼성큼 나아갈 뿐이다.

사랑하는 느낌에 가슴이 벅차지만

이별의 아픔에 미어지는 날이
언제나 더 많다.

뙤약볕 내리쬐는 벌판 위라도
언제나 촉촉한 걸음으로 걸어가는
청춘은 이토록 아름답고 향기롭다.

## 살아 있다는 것은

누군가를 그리워하는 것이다.

언제나 눈 감으면 떠오르는
그리운 사람이 있다는 것이다.

그 사람의 미소보다는
가슴 아파하는 상처를
더 사랑하고

편히 잠든 모습보다는
잠 못 들어 뒤척이며
괴로워하는 모습을
더욱, 그리워하는 일이다.

살아 있다는 것은

가슴 아파 잠 못 들어 하는
누군가의 그리움의 대상이
기꺼이 되어주는 일이다.

오늘도
그리워하는 그대가 있어
나는, 살아 있다.

그래도 세상은
여전히 아름답다

# 이 세상을 살아가는 이유

다시는 초록빛을 볼 수 없을 것만 같던
앙상하게 마른 가지에
믿을 수 없는 새순이 돋아나는 것을
무심코 바라다보고 있으면

이 세상을 살아가는 이유,
알 것도 같다.

그토록 뜨거웠던 여름 햇볕이
어느 날 갑자기
시원한 가을바람에 자리를 비켜주면서
튼실해진 나무에 꽃을 피우고
탐스러운 열매를 맺더니

마침내 세상에 모든 것 다 내어주고

하얀 눈 덮인 마른 가지로 돌아와 있는 것을 보면

아직 이 세상을 더 살아가야 할 이유,
알 것도 같다.

비록 화면을 통해서 마주한 장면이지민
갓 부화한 박새새끼들의
허공을 향한 요란한 입 벌림과
먹이를 물고 둥지로 막 돌아온 어미 박새를
숨죽이고 바라다보거나

골짜기에 떼를 지어 몰려와 이루어지는
연어의 알 낳기와 수정하기를 관찰하며
그토록 힘겹게 다시 고향을 찾아와
다른 동물의 먹이가 되거나 산화되는

연어의 거룩한 일생을 잠시 생각하다보면

이 세상을 살아가야 할 이유,
아직도 더 많다는 것

산간계곡의 높다란 나무구멍 둥지에서
낙하를 준비하고 있는 7마리의 새끼 원앙이
숲속 연못에서 부르는 어미의 소리 따라
그냥 나무에서 떨어지는 그 놀라운 믿음이 있는 한

행복과 아픔이
모두 한 가지에서 나온다는 것

내일이 곧 오늘이 되고
오늘이 곧 어제가 되는

아름다운 그대 인생이라는 것

이제는 그냥,
알 것도 같다.

그래도 세상은
여전히 아름답다

행복과 아픔이

모두 한 가지에서 나온다는 것

[이 세상을 살아가는 이유 中]

## 비밀정원

햇빛과 바람이 짜 올리는
씨와 날의 섬세한 축복이
언제나 넘쳐흐르고 있어요.

바람은
장애물을 그냥 지나치는 법이 없어요.
열린 창문과 깨진 유리창을 어루만지고
상처 입은 나무와 꽃잎을
한 바퀴 휘감고 돌아요.

햇빛은
그늘을 함부로 침범하지 않아요.
받아들이는 한쪽 측면을 묵묵히 비추고
차분하게 어둠을 감싸 안으며,
기다릴 뿐이지요.

〈

그래도 세상은
여전히 아름답다

비가 내려도, 눈이 내려도,

온 산과 들에 안개가 자욱이 끼어도

시냇가에 물고기들 힘차게 헤엄치고

산야(山野)에 동물들 열심히 살아가고 있지요.


그곳에는 지금도

착하고 아름다운 사람들이 살고 있어요.

## 꽃길

삶은 꽃길을 걷는 것이다.

상처 입은 나무는 그 아픔을 안고
꽃을 피우고,

다친 동물은 그 장애를 딛고
자신의 삶을 꽃피워나간다.

모두가 자신만의 세계에서
때로는 아파하고, 만족해하며
꽃길을 걷고 있다.

그대 삶이
아픔과 고통의 연속이라도

〈

그래도 세상은
여전히 아름답다

통증과 흘린 땀이 피워낸
향기로운 꽃길을 기억하라.

넘어지고 쓰러져
상처로 얼룩진 길이라 하더라도

뒤돌아 바라보면
모두가 꽃길인 것을,

아름다운 삶의 여정인 것을
알게 될 것이다.

# 작은 기적들

멈춰 있는 것은
아무 것도 없다.

우리가 만났던 수많은 작은 기적들도
그 순간을 간직한 채 흘러가고 있다.

그래서 우리는 살아왔으며,
살아 있고,
살아갈 것이다.

때로는 빠르게
가끔은 느리게.

## 겨울나무

모든 것 다 내어주고
침묵으로 서 있다 말하지 마라

누천년을 이어온 어미나무의 삶을
묵묵히 전승(傳承)하고 있을 뿐이다.

그동안 만났던 햇볕과 비를
기억하고 있으며,

바람이 들려주던 세상얘기도
잊지 않고 새겨두고 있다.

차가운 푸른 하늘 덮고
꼿꼿이 정지한 채로

〈

연초록 새순을
꿈꾸지만은 않는다.

순환의 리듬을 돌이키며
무엇을 먼저 세상 밖으로 내보내야 할지
단지 기억하고 있을 뿐이다.

버릴 수 있는 것 모두 버리고
오직 자유로 침묵하는 것은

다시 올 새 생명을
믿음으로 기다리는 일이다.

그래도 세상은
여전히 아름답다

## 길이 아닌 길

때로는 낯선 곳을 헤매다가
길이 아닌 길로 가기도 했습니다.

그래서 생전 처음 보는
이름 모르는 꽃을 보았고,

거기에도 길이 있었다는 것을
알게 되었습니다.

길이 아닌 길을 가다가도
누군가를 만날 수 있을 것입니다.

그 사람도 길이 아닌 길을
갈 때가 있을 테니까요.

## 남은 서정

바람소리 들어보라
무질서하게 그냥 불지 않는다.
모든 사물을 보듬어 안고 배려하며 지나간다.
흘러가는 물을 바라다보라
땅의 모양을 거역하거나 역행하지 않고
모든 것 받아들이며 순행할 뿐이다.

숲이 우거지니 새들이 찾아오고
꽃이 피니 벌·나비가 날아오고
풀이 무성하니 곤충들이 모여든다.

그 개울에 물이 흐르니
사라졌던 물고기가 돌아온다.

밤하늘을 쳐다보다가 혹시

그래도 세상은
여전히 아름답다

은하수를 본 적이 있나요?

언제 어느 때에라도 나를 한 번도 떠난 적이 없는

내 그림자와 대화를 나누어 본 적이 있나요?

세상에는 여전히 수많은 아름다운 것들이

우리의 눈길 기다리고 있다.

오랜 세월 그래왔던 것처럼.

정직한 사람은 아름답다.

그 사람의 정직한 손과 얼굴이 아름답고

정직한 마음과 생각이 그냥 아름답다.

정직한 사람이 품고 있는 '그리움'과 '기다림'의 정

서가,

'슬픔'과 '기쁨'과 '사랑'의 정서가

얼마나 아름다운가.

당신이 바로 '그 사람'임을 믿는다.

그래도 세상은
여전히 아름답다

그래도 세상은 여전히 아름답다

초판 1쇄 인쇄 2019년 4월 1일
초판 1쇄 발행 2019년 4월 10일

지 은 이    백운복
펴 낸 이    최종숙
책임편집    이태곤
편     집    권분옥 홍혜정 박윤정 문선희 백초혜
디 자 인    안혜진 김보연 최선주
기획/마케팅  박태훈 안현진 이희만

펴 낸 곳    글누림출판사
           주    소    서울시 서조구 동광로46길 6-6 문창빌딩 2층(우06589)
           전    화    02-3409-2055 FAX 02-3409-2059
           이 메 일    nurim3888@hanmail.net
           홈페이지    http://www.geulnurim.co.kr
           블 로 그    http://blog.naver.com/geulnurim
           북트레블러  http://post.naver.com/geulnurim
           등    록    2005년 10월 5일 제303-2005-000038호

ISBN 978-89-6327-506-2 03810

*정가는 뒤표지에 있습니다.
*잘못된 책은 바꿔 드립니다.

「이 도서의 국립중앙도서관 출판예정도서목록(CIP)은 서지정보유통지원시스템 홈페이지(http://
seoji.nl.go.kr)와 국가자료공동목록시스템(http://www.nl.go.kr/kolisnet)에서 이용하실 수 있습니
다. (CIP제어번호 : CIP2019010691)